HÉSIODE ÉDITIONS

ARTHUR CONAN DOYLE

Le Capitaine Sharkey

Hésiode éditions

© Hésiode éditions.

1 rue Honoré - 93500 Pantin.
ISBN 978-2-38512-150-1
Dépôt légal : Janvier 2023

Impression Books on Demand GmbH

In de Tarpen 42
22848 Norderstedt, Allemagne

Le Capitaine Sharkey

I

comment le gouverneur de sainte-kitt's rentra dans son pays

Lorsque les grandes guerres de la succession d'Espagne furent terminées par le traité d'Utrecht la plupart des vieux routiers qui, à la solde des nations belligérantes, avaient pris part à tant de combats se trouvèrent désormais sans occupation. Quelques-uns cherchèrent dans le commerce des occupations plus pacifiques bien que moins lucratives, d'autres s'engagèrent à bord des bateaux de pêche. Un petit nombre de gens de sac et de corde laissèrent à l'artimon de leurs navires la flamme des pirates, au grand mât le pavillon rouge, et firent, pour leur compte personnel, la guerre à toutes les nations civilisées ou non.

Avec des équipages hétéroclites, recrutés dans toutes les nationalités, ils écumèrent les mers, disparaissant parfois pour réparer leurs avaries dans quelqu'île déserte, ou s'arrêtant, pour se livrer à la débauche, dans les ports éloignés où ils éblouissaient les populations par leurs folles prodigalités et les terrifiaient par leurs violences.

Sur les côtes de Coromandel, à Madagascar, dans les eaux africaines, et surtout dans les Indes occidentales et les mers d'Amérique, les pirates étaient une menace perpétuelle. Avec un sans-gêne inouï, ils réglaient leurs brigandages suivant les saisons ; profitant de l'été pour piller la Nouvelle-Angleterre, et cinglant de nouveau vers les tropiques quand l'hiver faisait son apparition.

Ils étaient d'autant plus redoutés qu'ils n'avaient point pour les contenir cette forte discipline qui avait rendu les boucaniers, leurs prédécesseurs, à la fois formidables et imposants. Ces Arabes de la mer n'avaient de compte à rendre à aucune puissance et traitaient leurs prisonniers suivant les caprices que pouvait leur inspirer l'ivresse. Des traits de générosité étonnants alternaient avec des actes d'une férocité inouïe, et le capitaine qui avait le malheur de tomber entre leurs mains obtenait tantôt de pouvoir se sauver avec sa cargaison, après avoir été traité par eux comme un camarade de débauche, tantôt se voyait servir à table dans sa propre cabine, ses lèvres, son nez accommodés à la croque au sel. Il fallait être un rude marin pour oser, à cette époque, s'aventurer dans le golfe des Caraïbes.

C'était un de ces hommes bien trempés que le capitaine John Scanow du navire l'Étoile-du-Matin, et pourtant il poussa un soupir de soulagement quand il entendit le clapotis de son ancre qu'il venait de jeter à une centaine de yards de la citadelle de Basse-Terre. Sainte-Kitt's était le dernier port où il devait relâcher, et, dès le lendemain matin, il allait faire voile vers les Îles Britanniques. Il en avait assez de ces mers hantées par les écumeurs ! Depuis qu'il avait quitté Maracaïbo, ses cales remplies de sucre et de poivre rouge, il n'avait pu s'empêcher de frémir à chaque voile qu'il avait aperçue se détachant à l'horizon violet des mers du tropique. Il avait longé les Îles sous le Vent, abordant çà et là, et partout il entendait raconter de nouveaux massacres, de nouvelles infamies.

Le capitaine Sharkey, commandant du navire des pirates de vingt canons l'Heureuse-Délivrance avait croisé dans les parages, et la côte avait recueilli des débris de vaisseaux et des cadavres de marins. De terribles anecdotes couraient sur ses sinistres plaisanteries et son inflexible férocité. Des Bahamas au Main, sa coque noire comme le charbon, avec son nom à double sens, semblait avoir été affrétée par la mort, et par les supplices pires que la mort elle-même.

Le capitaine Scanow affectionnait par-dessus tout son fin voilier et tenait aussi à sa cargaison représentant une grande valeur ; il cingla donc directement vers l'ouest jusqu'à l'île Bird, évitant ainsi de suivre la route ordinaire des bateaux de commerce. Et, pourtant, dans ces eaux solitaires, il avait encore trouvé des traces du passage du terrible pirate.

Un matin, la vigie avait signalé un petit canot isolé dans l'immensité de l'océan ; quand il fut accosté, on constata qu'il contenait seulement un matelot en délire, qui se mit à hurler d'une voix rauque quand on le hissa à bord. Il montrait une langue desséchée, ressemblant à un champignon noir au fond de sa bouche. On lui donna à boire, et bientôt, grâce aux bons soins dont il fut l'objet, il devint le marin le plus adroit et le plus fort du navire. Il était originaire de Marblehead dans la Nouvelle-Angleterre et se dit être le seul survivant d'un shooner qui avait été coulé bas par l'impitoyable Sharkey.

Pendant une semaine, Hirain Evenson – tel était son nom – avait erré à la dérive sous le soleil des tropiques. Sharkey, dit-il, lui avait fait jeter dans son canot les restes mutilés de son capitaine « comme provisions de route » pour son matelot : celui-ci les avait aussitôt lancés à la mer craignant qu'à un moment donné la tentation ne devînt trop forte. Il n'avait depuis lors pris aucune nourriture jusqu'au moment où l'Étoile-du-Matin l'avait recueilli en proie à cette folie qui est le précurseur de la mort. C'était une bonne recrue pour le capitaine Scanow, car, avec un équipage quelque peu réduit, un matelot tel que cet indigène de la Nouvelle-Angleterre était d'un prix incomparable, et il affirma même qu'il était sans doute la seule personne au monde à avoir des obligations au capitaine Sharkey.

Maintenant qu'il se trouvait protégé par les canons de la citadelle de Basse-Terre, tout danger du pirate était écarté, mais pourtant la pensée de celui-ci était loin d'avoir disparu de l'esprit du vieux loup de mer occupé à ce moment à surveiller le bateau des agents qui venaient de quitter le quai de la douane.

– Je vous parie tout ce que vous voudrez, Morgan, dit-il à son second, que l'agent, dès qu'il ouvrira la bouche, va nous parler de Sharkey.

– Eh bien, capitaine, je veux bien risquer un dollar d'argent, répondit le vieux marin, solide gaillard originaire de Bristol.

Les rameurs nègres amenèrent le canot le long du navire, et le douanier vêtu de blanc escalada l'échelle de corde.

– Soyez le bienvenu, capitaine Scanow, s'écria-t-il. Avez-vous appris la dernière nouvelle à propos de Sharkey ?

Le capitaine sourit en regardant son second.

– Quelle nouvelle diablerie a-t-il faite ? demanda-t-il.

– Quelle diablerie ? Vous n'en avez donc pas entendu parler alors ? Comment ; mais nous l'avons ici à Basse-Terre, sous les verrous ! Il a été jugé mercredi dernier et on va le pendre demain matin.

Le capitaine et le maître jetèrent un cri de joie et quelques instants après l'équipage les imitait. Sans souci de la discipline, tous abandonnèrent leurs postes et montèrent sur le pont pour apprendre la nouvelle. Le matelot recueilli par le navire s'avança le premier et jeta vers le ciel un regard de reconnaissance, car c'était un puritain fervent.

– Sharkey va être pendu ! s'écria-t-il. Savez-vous, monsieur le douanier, s'il manque un bourreau par hasard ?

– Arrêtez là-bas ! s'écrie le second dont le sentiment de la discipline était encore plus fort que l'intérêt qu'il portait aux nouvelles à sensation. Je vous paierai votre dollar, capitaine Scanow, et jamais je n'en aurai de ma vie, donné un de meilleur cœur. Comment a-t-il été empoigné, ce brigand-là ?

– Eh bien, voyez-vous, il était tellement canaille que ses compagnons eux-mêmes en avaient assez et l'avaient pris en horreur. Ils ne voulaient plus le garder à bord, de telle sorte qu'ils l'ont abandonné sur les petites Mangles au sud de la Baie mystérieuse. C'est là qu'il fut découvert par un trafiquant de Portobello qui l'a amené ici. On parlait de l'envoyer à la Jamaïque pour être jugé, mais notre excellent gouverneur, sir Charles Evan, n'a pas voulu en entendre parler : « Il m'appartient, a-t-il dit, et j'aurai sa peau. » Si vous voulez rester ici jusqu'à demain matin dix heures, vous verrez le gaillard gigoter en l'air.

— Je voudrais bien pouvoir assister à la cérémonie, dit le capitaine, mais je suis bien en retard, et il va falloir que je lève l'ancre à la marée de ce soir.

— C'est impossible, dit l'agent avec fermeté, car le gouverneur doit partir à bord de votre navire.

— Le gouverneur ?

— Oui ; il a reçu une dépêche du gouvernement lui enjoignant de rejoindre sans tarder la métropole. Le bateau courrier qui lui a apporté le message est reparti pour la Virginie, de sorte que sir Charles vous attendait, car je lui avais annoncé votre passage avant la saison des pluies.

— Eh bien ! eh bien, dit le capitaine quelque peu perplexe. Je suis un vieux loup de mer, je suis peu au courant des habitudes et des manières des gouverneurs et des baronnets ; je ne me rappelle même pas avoir jamais parlé à des personnages de ce rang. Cependant si c'est pour le service du roi Georges, et qu'il demande à s'embarquer sur l'Étoile-du-Matin, je ferai tout le possible pour lui être agréable. Il pourra prendre ma cabine, et il sera le bienvenu. Quant à la cuisine, elle se compose de ragoût et de salmigondis six jours par semaine, mais, s'il trouve la nourriture trop mauvaise, il pourra, s'il le désire, amener son maître-coq avec lui.

— Ne vous inquiétez pas à ce sujet, capitaine Scanow, dit l'agent ; sir Charles ne jouit pas en ce moment d'une bonne santé ; il vient d'avoir une attaque de fièvre assez violente et il est probable qu'il passera dans sa cabine presque tout le voyage. Le docteur Larousse a même affirmé qu'il aurait eu toutes les chances possibles d'y passer cette fois-ci, si l'idée de voir pendre Sharkey ne lui avait pas donné une nouvelle vigueur. Il a beaucoup de force de volonté ; cependant il ne faudrait pas trop lui en vouloir s'il parle avec quelque peu de brusquerie.

– Il pourra dire ce qu'il voudra et faire tout ce qui lui plaira pourvu qu'il ne s'avise pas de marcher sur mes plates-bandes quand je dirigerai mon navire. S'il est le gouverneur de Sainte-Kitt's, je suis le maître à mon bord. Avec sa permission je lèverai l'ancre à la première marée montante, car je suis aux ordres de mon armateur aussi bien qu'il est aux ordres du roi Georges.

– Il aura bien du mal à être prêt cette nuit, car il a bien des choses à mettre en ordre avant de s'embarquer, fit l'agent.

– Alors je partirai à la première marée de demain.

– Allons, c'est entendu. Je vous ferai envoyer ses bagages dès ce soir, et il les suivra demain matin si je puis le décider à quitter Sainte-Kitt's avant d'avoir vu Sharkey se balancer dans les airs. Les ordres qu'il a reçus étaient si urgents, qu'après tout il est possible qu'il arrive de suite. Peut-être aussi le docteur Larousse l'accompagnera-t-il dans le voyage.

Laissés à eux-mêmes, le capitaine et son second maître firent leurs préparatifs pour recevoir dignement un hôte aussi distingué. La plus grande cabine fut aménagée et ornée du mieux possible en l'honneur du nouveau passager ; des ordres furent donnés afin qu'on apportât à bord des caisses de fruits et des barriques de vin dans le but de varier un peu le menu si peu varié des repas à bord d'un bateau de commerce. Dans la soirée, les bagages du gouverneur commençaient à arriver ; c'étaient de grandes malles cerclées d'acier, des coffres en fer-blanc et d'autres objets de formes bizarres, laissant deviner des épées et des tricornes. Enfin arriva une lettre dont l'enveloppe portait un large sceau rouge à armoiries, annonçant que sir Charles Ewan adressait ses compliments au capitaine Scanow et qu'il comptait arriver à bord le lendemain matin aussitôt que ses fonctions et ses infirmités le lui permettraient.

Il tint parole ; car à peine l'aube commençait-elle à poindre à l'horizon rosé, que son canot abordait le navire et qu'il se hissait avec quelque difficulté à l'échelle conduisant à la coupée. Le capitaine avait entendu dire que le gouverneur était fort original, mais il n'était pas préparé à l'arrivée de l'être excentrique qu'il aperçut descendant au carré tout en boitant et en s'appuyant sur une forte canne en bambou. Il portait une perruque Ramillies, dont les boucles innombrables ressemblaient à la toison d'un caniche. Elles étaient coupées si bas sur le front, que les grosses lunettes vertes lui couvrant les yeux semblaient y être attachées. Un nez aquilin très long et très mince le précédait, coupant l'air devant lui. Il craignait tellement la fièvre qu'il s'était enveloppé la gorge et le menton d'une large cravate en toile. Il était vêtu d'une robe de chambre damassée, dont la cordelière lui entourait la taille. En s'avançant il tenait en l'air son nez superbe avec une fierté sans pareille. Sa tête se porta lentement de droite à gauche avec ce geste commun aux personnes qui ont la vue basse, puis il appela le capitaine d'une voix forte et autoritaire.

– Vous avez reçu mes bagages ? demanda-t-il.

– Oui, sir Charles.

– Avez-vous du vin à bord ?

– J'en ai commandé cinq barriques.

– Et du tabac ?

– Il y a une petite caisse de tabac de la Trinité.

– Savez-vous jouer au piquet ?

– Passablement, monsieur.

– Alors faites lever l'ancre et partons !

La brise de l'ouest avait fraîchi, et quand le soleil eut percé la brume matinale, le navire avait déjà disparu derrière les îles. Le vieux gouverneur se promenait en boitant sur le pont, tout en appuyant sa main sur le bastingage.

– Vous êtes maintenant au service du Gouvernement, capitaine, dit-il, et je vous promets qu'à Westminster on compte les jours en attendant mon arrivée. Avez-vous mis toute la toile que votre navire peut porter ?

– Oui, j'ai mis toutes voiles dehors, sir Charles.

– Gardez votre navire avec toute sa voilure quand bien même vos voiles devraient se fendre… J'ai bien peur, capitaine Scanow, que vous ne trouviez qu'un homme aveugle et cassé comme moi soit pour vous un triste compagnon de voyage.

– Je suis au contraire très honoré de me trouver en la société de Votre Excellence, répondit le capitaine, mais je suis réellement désolé de voir que vos yeux sont si malades.

– Hélas oui ! c'est l'éclat du soleil sur les routes si blanches de Basse-Terre qui les a brûlés de cette terrible façon.

– J'ai entendu dire aussi que vous sortiez d'avoir une fièvre quarte assez grave.

– Oui, c'est la vérité. J'ai eu une attaque qui m'a beaucoup fatigué.

– Nous avions pris la précaution d'aménager une cabine pour votre médecin.

– Ah oui, le gredin ! Il m'a été impossible de le décider, car il fait de bonnes affaires parmi les marchands du pays. Écoutez donc.

Il leva en l'air sa main couverte de bagues. Et l'on entendit au loin, en arrière le bruit sourd du canon.

– Cela part de l'île, s'écria le capitaine étonné, serait-ce un signal pour nous faire revenir ?

Le gouverneur se mit à rire.

– Vous avez entendu raconter sans nul doute que Sharkey, le pirate, doit être pendu ce matin. J'ai donné ordre aux batteries de tirer le canon au moment de l'exécution afin que, même en mer, je puisse apprendre l'événement. Nous en avons donc fini désormais avec lui !

– Voilà donc la fin de Sharkey ! s'écria le capitaine.

L'équipage, réuni en petits groupes sur le pont, poussa le même cri et regarda au loin la bande violette de la terre disparaissant insensiblement à ses yeux.

C'était là un présage heureux pour leur traversée de l'Océan Atlantique, et le vieux gouverneur invalide en vit s'augmenter de suite sa popularité à bord du navire, car on estimait que, sans sa ténacité qui avait exigé un verdict immédiat, le misérable bandit eût pu se jouer de la vénalité des juges et réussir ainsi à échapper au châtiment. Au cours du dîner, sir Charles raconta de nombreuses anecdotes sur le pirate désormais défunt ; il se montrait si affable, si rempli de tact pour rendre sa conversation compréhensible à des gens si au-dessous de lui, que le capitaine, le second maître et le gouverneur fumèrent leurs pipes ensemble tout en dégustant leur vin comme doivent le faire de bons camarades.

– Eh bien, quelle figure faisait-il, ce Sharkey, quand il se trouvait au banc des prévenus ? demandait le capitaine.

– C'est un homme qui ne manque pas de présence d'esprit, répondit le gouverneur.

– J'ai toujours entendu dire, affirma le premier maître, que c'était un véritable démon, audacieux et ironique.

– Eh bien, je ne crains pas de le dire, il a montré de l'audace dans bien des occasions, répondit le gouverneur.

– Un baleinier de New Bedford m'a déclaré qu'il n'oublierait jamais son regard, dit le capitaine Scanow. Ses yeux sont, paraît-il, d'un bleu très pâle, bordés de cils très rouges. N'est-ce pas cela, sir Charles ?

– Hélas ! mes pauvres yeux ne me permettent pas de voir comment sont ceux des autres ! mais je me rappelle que l'adjudant général m'a fait connaître qu'il avait les yeux tels que vous venez de les dépeindre. Il a même ajouté que les jurés avaient été assez stupides pour paraître émotionnés quand il les avait regardés bien en face. C'est heureux pour eux qu'il soit mort, car c'était un homme qui n'oublie jamais une injure. Si jamais quelqu'un d'entre eux était venu à tomber entre ses mains, il n'eût pas manqué de le faire empailler et de le placer comme poupée à l'étrave de son navire.

Cette idée sembla fort amuser le gouverneur, car tout à coup il partit d'un éclat de rire bruyant ressemblant au hennissement d'un cheval. Les deux marins se mirent à rire aussi, mais avec moins d'entrain, car ils se rappelèrent que Sharkey n'était pas le dernier des pirates qui écumaient les mers de l'Ouest et qu'une destinée aussi funèbre serait peut-être la leur. Le capitaine fit apporter une autre bouteille pour boire à la réussite de la traversée, et le gouverneur en fit immédiatement venir une nouvelle, de telle sorte qu'au bout de peu de temps les deux marins pouvaient, à leur grande satisfaction, tout en trébuchant quelque peu, s'en aller l'un à son quart, l'autre à son hamac. Lorsque quatre heures après, le second ayant terminé son quart descendit au carré, il resta ébahi, en apercevant le gouverneur toujours coiffé de sa perruque Ramillies, le nez surmonté de ses lunettes, vêtu de sa robe de chambre assis, immobile, devant la table solitaire, fumant tranquillement sa pipe et ayant à ses côtés les cadavres de six bouteilles.

– J'ai eu l'honneur de boire avec le gouverneur de S' Kitt's pendant qu'il était encore malade, se dit-il en lui-même, et pardieu, je n'essaierai jamais de lutter avec lui pour boire quand il sera en bonne santé !

La traversée de l'Étoile-du-Matin fut heureuse, et trois semaines plus tard le navire se trouvait dans la Manche. Dès le premier jour le gouverneur avait sensiblement vu les forces lui revenir, et avant qu'ils eussent à moitié parcouru l'Atlantique, il parut, à part ses yeux toujours couverts de ses lunettes, aussi solide que n'importe lequel des matelots du bord. Ceux qui vantent comme reconstituant l'usage du vin eussent pu le montrer comme le triomphe vivant de leurs théories, car jamais une nuit ne s'était passée sans qu'il eût répété les exploits de la première. Et pourtant, de bonne heure le matin on l'apercevait sur le pont aussi frais et aussi actif que le meilleur des marins, regardant de tous côtés avec ses yeux malades et posant des questions sur la voilure et les agrès comme s'il voulait connaître à fond toutes les manœuvres. Pour remédier à la faiblesse de sa vue, il obtint sans difficulté du capitaine que le matelot de la Nouvelle-Angleterre, celui-là même qui avait été recueilli dans un canot abandonné, fût attaché à sa personne et se tînt à côté de lui quand il jouait aux cartes pour compter les points, car il était incapable de distinguer le roi du valet.

Il semblait tout naturel que Evanson se fît un plaisir d'être agréable au gouverneur, car l'un avait été la victime de l'infâme Sharkey, et l'autre l'avait vengé. On voyait avec quel plaisir le gros Américain prêtait son bras à l'invalide. Quand la nuit était venue, il se tenait respectueusement derrière sa chaise, dans la cabine, posant son gros doigt aux ongles taillés court, sur la carte qu'il devait jouer. Quand ils arrivèrent à hauteur du cap Lizard, grâce au concours du marin, les poches du capitaine Scanow et de Morgan, le second, étaient à peu près à sec.

Ils n'avaient pas tardé d'ailleurs à s'apercevoir que tout ce qu'on leur avait raconté du caractère difficile de sir Charles Ervan était encore au-dessous de la vérité. Au moindre signe d'opposition, au premier mot d'une discussion, son menton s'allongeait hors de sa cravate son nez autoritaire se redressait, paraissait plus insolent, et sa canne de bambou sifflait en tournoyant. Il l'avait une fois fendue sur la tête du maître charpentier un jour où celui-ci l'avait accidentellement bousculé sur le pont. Une autre fois aussi il y avait eu un commencement de mutinerie provoqué par le mauvais état des vivres ; il avait émis l'opinion qu'il ne fallait pas attendre que ces faillis chiens se fussent soulevés et qu'il fallait, sans hésiter, marcher sur eux et chasser leurs diableries avec de bonnes volées de coups de bâton.

– Donnez-moi un couteau et un seau ! disait-il en jurant.

On eut toutes les peines du monde à l'empêcher de s'élancer tout seul sur le porte-parole des matelots et de se battre avec lui.

Le capitaine Scanow dut lui rappeler que, s'il était maître absolu quand il se trouvait à Saint-Kitt's, le fait de tuer un homme à bord d'un navire constituait un meurtre. En politique, il était, déclara-t-il, car sa position lui en faisait un devoir, un partisan dévoué de la maison de Hanovre, et il jura, de par tous les diables, qu'il n'avait jamais rencontré un Jacobite sans s'être fait un devoir de tirer aussitôt sur lui. Cependant, malgré son intempérance et sa violence, c'était un bon compagnon qui possédait un tel recueil d'anecdotes et de souvenirs que Scanow et Morgan ne se rappelaient pas avoir accompli une traversée plus agréable.

Enfin arriva le dernier jour, et, après avoir dépassé l'île de Wight, ils jetèrent l'ancre sous les falaises de Beachy-Head. Le soir même le navire se balançait sur une mer d'huile à une lieue de Winchelsea en face de la longue presqu'île de Dungeness. Le lendemain matin il devait trouver le pilote au Foreland et sir Charles pourrait le soir même se présenter à Westminster aux ministres du roi. Le maître d'équipage faisait le quart, et les trois partenaires habituels se retrouvèrent pour la dernière fois dans la cabine pour faire leur partie de cartes traditionnelle. Le fidèle Américain prêtait encore au gouverneur le concours de ses yeux. L'enjeu jeté sur la table était assez gros, car les deux marins comptaient sur cette dernière nuit pour rattraper les pertes que leur avait fait subir leur passager.

Tout à coup ce dernier jeta ses cartes sur la table et ramassa tout l'argent qu'il glissa dans la poche de son gilet de soie.

— J'ai gagné ! s'écria-t-il.

— Hé, sir Charles, pas si vite ! s'écria le capitaine Scanow, vous n'avez pas fini de jouer toutes vos cartes et nous n'avons pas encore perdu !

— Vous me prenez pour un menteur ! dit le gouverneur. Je vous affirme que j'ai joué toute ma main et que vous avez perdu !

Il arracha, tout en parlant, sa perruque et ses lunettes et laissa apercevoir un front large et chauve, et une paire d'yeux bleus clignotants, entourés de cils rouges comme ceux d'un terrier.

— Bon Dieu ! s'écria le maître, c'est Sharkey !

Les deux marins bondirent de leurs sièges. Mais le grand Américain s'adossa à la porte de la cabine, tenant un pistolet dans chacune de ses mains. Le passager avait aussi déposé un pistolet sur les cartes éparpillées devant lui et il fit entendre un éclat de rire sinistre.

– Oui, messieurs, dit-il, mon nom est, en effet, capitaine Sharkey ! et voici le joyeux Ned Galloway, le quartier-maître de l'Heureuse-Délivrance. Nous avions trop malmené l'équipage, aussi il nous a déposés l'un et l'autre, moi, sur une côte déserte, et lui, dans une barque sans avirons. Allons, faibles chiens que vous êtes, capons aux cœurs trop sensibles, nous vous tenons enfin à la gueule de nos pistolets.

– Faites feu ou ne le faites pas, s'écria Scanow portant la main sur sa poitrine couverte d'un veston pelucheux. En poussant mon dernier soupir je vous dirai, Sharkey, que vous êtes un immonde bandit et mécréant digne de la corde en ce monde et de l'enfer dans l'autre.

– Voilà un homme de caractère, et il me plaît d'en rencontrer de pareils. Je lui réserve une belle fin, s'écria Sarkey. Il n'y a personne à l'arrière du navire, sauf l'homme de barre ; vous ferez bien de garder votre souffle, car vous ne tarderez pas à en avoir besoin. Le petit canot est-il à l'arrière, Ned ?

– Oui, oui, capitaine.

– Les autres canots sont-ils percés suivant mes instructions ?

– Je les ai tous troués à trois endroits différents.

– Alors, nous allons prendre congé de vous, capitaine Scanow. Vous n'avez pas l'air d'avoir encore recouvré votre tranquillité d'esprit. Avez-vous quelque chose à me demander ?

– Vous êtes le diable en personne ! s'écria le capitaine. Où est donc le gouverneur de Saint-Kitt's ?

– La dernière fois que j'ai eu l'honneur de voir Son Excellence, il était au lit, la gorge coupée. Au moment où je me suis évadé de ma prison, j'ai appris par des amis – car vous pensez bien que j'en avais dans tous les ports – que le gouverneur allait s'embarquer pour l'Europe à bord d'un navire dont le patron ne l'avait jamais vu. Je parvins à escalader sa vérandah et je lui ai remboursé la petite dette que je lui devais. Je me suis emparé des vêtements que j'ai jugé nécessaires pour me déguiser et je suis arrivé à bord de votre bateau après avoir eu soin de me munir d'une bonne paire de lunettes pour cacher mes yeux qui eussent pu me trahir. Vous avez pu voir que j'ai agi comme si j'étais le véritable gouverneur. Et maintenant, Ned, je vous les abandonne.

– Au secours ! au secours ! à la garde ! cria le second.

Mais la crosse du pistolet du pirate s'abattit sur son crâne et il tomba à terre assommé comme un bœuf. Scanow se précipita vers la porte, mais la sentinelle lui posa la main sur la bouche et jeta son bras libre autour de sa taille.

– Inutile, maître Scanow ! lui dit Sharkey. Allons, tombez donc à genoux et suppliez-nous de vous donner la vie sauve !

– Je vous verrai !... s'écria Scanow, parvenant à se débarrasser de l'étreinte qui lui fermait la bouche.

– Tordez-lui le bras, Ned ! Et maintenant ?

– Non, quand même vous me l'arracheriez du corps.

– Enfoncez-lui un pouce de votre couteau.

– Vous pouvez m'en enfoncer six pouces, je ne demanderai pas grâce.

– Allons, voilà un caractère qui me plaît ! s'écria Sharkey. Remettez votre couteau dans votre poche, Ned. Vous avez sauvé votre peau, Scanow. C'est vraiment dommage qu'un homme tel que vous ne se décide pas à entrer dans le seul commerce où l'on puisse gagner facilement sa vie ! Vous êtes sans doute prédestiné à ne pas mourir d'une mort ordinaire, Scanow, puisque je vous ai tenu à ma merci et que vous vivrez encore pour raconter l'histoire. Attachez-le, Ned.

– Au poêle, capitaine ?

– Allons, allons, le poêle est allumé. Ne lui faites pas de vos mauvaises plaisanteries, Ned Galloway, à moins que je vous l'ordonne, ou bien je vous apprendrai lequel de nous deux est le capitaine ou le quartier-maître. Attachez-le à la table !

– Je pensais que vous aviez l'intention de le faire rôtir, répondit le quartier-maître. Vous n'allez sûrement pas le laisser échapper ?

– Bien que vous et moi nous ayons été tous les deux abandonnés sur les côtes de Bahama, c'est encore moi qui dois commander ; et vous obéir. Êtes-vous donc devenu un traître pour discuter mes ordres ?

– Non, non, capitaine Sharkey, ne soyez donc pas si vif ! répondit le quartier-maître.

Et, soulevant Scanow comme s'il eût été un enfant, il l'allongea sur la table et, avec la dextérité du marin, il lui ligota les mains et les pieds avec une corde qu'il attacha en dessous, et le bâillonna avec la longue cravate qui avait orné le cou du gouverneur de Saint-Kitt's.

– Maintenant, capitaine Scanow, nous allons prendre congé de vous, dit le pirate. Si j'avais avec moi une demi-douzaine de mes gaillards, j'aurais pu m'emparer de votre cargaison et de votre navire ; mais le joyeux Ned n'a pas pu trouver, dans votre équipage, un seul marin qui eût plus d'énergie qu'une souris. Je vois dans les environs qu'il y a pas mal de barques de pêche et nous allons nous en offrir une. Quand le capitaine Sharkey a à sa disposition un canot, il arrive alors facilement à s'emparer d'un bateau de pêche ; quand il a un bateau de pêche, c'est un jeu pour lui de prendre un brick ; quand il a un brick, peu après il a une goélette ; dès qu'il a une goélette, il a bientôt un navire de haut bord qui lui appartient. Allons, vous ferez bien de vous dépêcher d'arriver à Londres, car peut-être ne tarderai-je pas à revenir en arrière pour m'emparer de l'Étoile-du-Matin.

Le capitaine Scanow entendit la clef tourner dans la serrure ; les deux bandits avaient quitté la cabine. Tout en essayant de se dégager de ses liens, il entendit leurs pas monter l'escalier, passer sur le pont jusqu'à l'arrière, où se trouvait le petit canot. Tout en se tordant, il entendit le grincement des poulies et le clapotis de l'eau au moment où le frêle esquif vint l'atteindre. Fou de rage, il parvint enfin à briser les cordes qui le maintenaient ; puis, les poignets et les chevilles en sang, il roula à terre, sauta par-dessus le cadavre de son second, enfonça la porte à coups de pied et se précipita nu-tête sur le pont.

– Ohé ! Peterson ! Arnutage ! Wilson ! s'écria-t-il. Prenez vos coutelas et vos pistolets ! Partez avec la grande baleinière ! Partez avec le you-you ! Sharkey le pirate est là-bas dans le petit canot. Sifflez les bâbordais, maître d'équipage ; tous aux canots et hardi les tollets !

La baleinière, le you-you, toutes les embarcations tombèrent en clapotant sur l'eau, mais, un instant après, les maîtres et l'équipage remontaient rapidement sur le pont en s'écriant :

– Les embarcations sont percées ! Elles font eau comme des écumoires.

Le capitaine fit entendre une bordée de jurons. Il était battu sur tous les points. Au-dessus de lui, le ciel était étoilé et sans nuages ; pas le moindre souffle de vent, pas le moindre signe de brise. Les voiles battaient paresseusement le long des mâts dans le clair de lune. Au loin, là-bas, on distinguait un bateau de pêche dont les hommes se tenaient groupés auprès de leurs filets. Tout près d'eux s'avançait le petit canot s'enfonçant et se relevant sous la houle de mer brillante.

– Ils sont perdus ! s'écria le capitaine. Poussons tous ensemble un cri, mes gars, pour les prévenir du danger !

Il était trop tard !

Au même instant, le petit canot disparut dans l'ombre du bateau de pêche : on entendit deux coups de feu rapides, précédés de deux éclairs, un grand cri, puis un autre coup de feu suivi d'un silence de mort. Le groupe de pêcheurs s'était évanoui.

Tout à coup, au moment où se faisait sentir une brise de terre venant de la côte de Sussex, la grand'voile du bateau de pêche se gonfla, le bout de dehors s'avança rapidement dans la nuit et la petite embarcation piqua droit dans l'Atlantique.

II
les exploits du capitaine sharkey craddock

Le carénage de leurs navires était une opération fort nécessaire pour les vieux pirates. Il était indispensable aussi bien pour réussir dans leur commerce que pour échapper aux vaisseaux de guerre que leurs navires fussent doués d'une grande vitesse. Il leur était impossible de bénéficier des bonnes qualités de leurs voilures sans être obligés, périodiquement, une fois par an tout au moins, de débarrasser les coques des bateaux des plantes traînantes et des coquillages, qui s'y attachent si rapidement dans les mers tropicales.

Quand il leur fallait procéder à ce nettoyage, ils se trouvaient dans l'obligation d'alléger les navires et de les faire pénétrer dans de petites baies solitaires où, à marée basse, ils pussent se trouver à sec. Ils attachaient alors aux mâts d'énormes cordages, et, au moyen de cabestans, ils parvenaient à les coucher sur un de leurs flancs qu'ils faisaient gratter consciencieusement depuis l'étrave jusqu'à l'étambot.

Pendant les semaines que duraient ces réparations, le navire restait sans défense, mais, d'autre part, il ne pouvait être approché par d'autres vaisseaux ayant un fort tirant d'eau, et l'emplacement était choisi si retiré et si caché qu'il ne courait presque aucun danger.

Les capitaines se sentaient à ces moments tellement en sécurité, qu'il leur arrivait souvent d'abandonner leurs vaisseaux à une garde suffisante et de partir avec la grande baleinière soit pour une expédition de chasse, soit, plus souvent, pour faire la fête dans la ville la plus rapprochée. On les y voyait alors faire tourner les têtes de toutes les femmes par leurs galanteries fanfaronnes, faire mettre en perce des barriques de vin sur la place publique en menaçant de brûler la cervelle à ceux qui refuseraient de trinquer avec eux.

Parfois même ils s'aventuraient dans des cités de l'importance de Charleston, se promenant dans les rues avec leurs armes au côté, au grand scandale des gens bien pensants de la colonie. De telles visites ne restaient pas toujours impunies. Ce fut au cours d'une de ces parties de plaisir que le lieutenant Maynard parvint à couper la tête de Blackbeard, et à la rapporter plantée au bout de son beaupré. En général cependant, les pirates pouvaient impunément brutaliser les citoyens, causer les pires excès, violenter les femmes, jusqu'au moment où il leur fallait regagner leurs navires.

Il y avait cependant parmi ces écumeurs des mers, un seul de ces bandits qui ne s'était jamais frotté à la civilisation ; c'était le sinistre Sharkey, le capitaine de l'Heureuse-Délivrance. Peut-être était-il retenu par son caractère solitaire et morose, peut-être – ce qui est plus probable – savait-il que son nom était sur toute la côte l'objet de l'exécration universelle et que, si jamais il laissait voir son visage dans une des colonies, on ne manquerait pas de l'écharper, quelle que fût la terreur qu'il pût inspirer.

Quand son navire était abattu en carène, il le laissait sous la surveillance de Ned Galloway, son quartier-maître de la Nouvelle-Angleterre, et il faisait de longs voyages dans sa baleinière. On prétendait qu'il allait alors tantôt enfouir la part du butin qu'il avait gagné, tantôt chasser les bœufs sauvages de la Nouvelle-Espagne, qui, rôtis tout entiers et mis en conserves, lui procuraient des provisions de bouche pour ses prochains voyages. Dans ce dernier cas, son navire venait le retrouver sur un point de la côte indiqué à l'avance et embarquait les animaux qu'il avait pu tuer.

On avait toujours caressé, dans ces îles, l'espoir que Sharkey pourrait être capturé au cours de ces expéditions, et un jour enfin, parvint à Kingston une nouvelle qui pouvait permettre l'espoir de voir réussir une tentative dans ce but.

Un vieux bûcheron avait raconté qu'il était tombé entre les mains du pirate, lequel dans un des accès de bienveillance qu'il avait parfois dans l'ivresse l'avait renvoyé après s'être borné à lui couper le nez et à lui administrer une formidable volée. Le récit du bonhomme était bien précis, et ce nouvel exploit s'était passé quelques jours auparavant. L'Heureuse-Délivrance était en carénage à Tobec, au sud-ouest d'Hispaniola et, accompagné seulement de quatre hommes, Sharkey était en train de boucaner dans l'île de la Vache. Le sang d'une centaine d'équipages massacrés criait vengeance, et, cette fois-ci, il était permis d'espérer que ce ne serait pas en vain.

Sir Edward Compton, le gouverneur de la colonie, homme au visage fortement coloré, au nez proéminent, avait réuni en conseil le commandant des troupes et son état-major, tous cherchaient ensemble comment ils pourraient utiliser la chance qui leur était offerte. Il n'y avait pas de vaisseaux de guerre plus près que Jamestown, et encore, là-bas, c'était un vieux fly-boat, qui ne pourrait jamais atteindre le pirate sur mer ni même s'en emparer dans une petite baie, à cause de son fort tirant d'eau. Il y avait bien des forts et des artilleurs à Kingston et à Port-Royal, mais il ne s'y trouvait pas de soldats disponibles pour tenter une expédition.

Tout ce qu'on pouvait faire c'était de risquer une surprise en faisant appel à des hommes de bonne volonté – et ils étaient nombreux ceux qui avaient contre Sharkey une rancune mortelle – mais à quoi aboutirait une telle entreprise ?

Les pirates étaient nombreux et prêts à lutter avec le plus sombre désespoir. Quant à surprendre Sharkey et ses quatre compagnons ce serait relativement facile si l'on parvenait à les atteindre ; mais comment arriverait-on à les saisir à l'improviste dans une île boisée comme celle de la Vache, remplie de collines sauvages et de jungles impénétrables ? Une récompense considérable fut donc offerte à celui qui trouverait une solution, et un homme se présenta avec un plan tout particulier, se déclarant prêt à l'exécuter en personne.

Stephen Craddock était un de ces hommes redoutables que deviennent souvent les Puritains qui ont mal tourné. Issu d'une très honorable famille de Salem, sa mauvaise conduite semblait être comme un recul de l'autorité de la religion de ses pères, et il avait apporté dans le vice toute la force physique et l'énergie morale que les vertus de ses ancêtres lui avaient léguées. Il était ingénieux, ne craignant rien, d'une ténacité surprenante dans ses idées, aussi, bien qu'il fût encore jeune, son nom était-il fort connu sur les côtes d'Amérique.

C'était ce même Craddock qui avait été jugé en Virginie et condamné à mort pour l'assassinat du chef des Seminoles, et, s'il était parvenu à s'échapper, nul n'ignorait qu'il avait dû son salut à la fois à la vénalité des témoins et des juges.

Plus tard il avait successivement commandé un négrier, avait, disait-on tout bas, fait de la piraterie et, en somme, avait laissé dans la baie du Bénin la plus mauvaise renommée. Finalement, il était rentré à la Jamaïque, possesseur d'une fortune considérable, et il s'était empressé de mener une existence toute de dissipation. C'était cet homme, maigre, austère et dangereux, qui avait sollicité du gouverneur une audience pour lui exposer le plan qu'il avait formé en vue de débarrasser le monde du terrible Sharkey.

Sir Edward le reçut avec peu d'enthousiasme. En dépit des bruits qui couraient sur sa conversion et sa conduite désormais inattaquable, il l'avait toujours considéré comme une brebis galeuse capable de contaminer tout son petit troupeau. Craddock se rendit facilement compte de l'instinctive défiance que le gouverneur s'efforçait de dissimuler sous les apparences d'une politesse affectée.

– Vous n'avez pas besoin de me craindre, monsieur, dit-il. Je ne suis plus l'homme que j'ai été jadis, et que vous avez connu. J'ai pu contempler à nouveau la lumière après l'avoir perdue de vue pendant de longues années, et cela, grâce au ministère du Révérend John Simons, de notre secte. Si jamais votre foi venait à être ébranlée, vous trouveriez, j'ose le dire, monsieur, de grands charmes dans ses sermons.

Le gouverneur pencha vers lui son nez majestueux.

– Vous êtes venu ici pour m'entretenir au sujet du capitaine Sharkey, n'est-ce pas, master Craddock ? dit-il.

– Ce Sharkey, voyez-vous, est un vase d'iniquité, dit Craddock. Voilà assez longtemps que les sons de sa corne damnée se sont fait entendre dans nos pays et il m'est venu à l'idée que si je parvenais à l'atteindre et à l'abattre, ce serait une œuvre méritoire qui pourrait, dans une certaine mesure, racheter mes fautes passées. On m'a fourni un plan qui, je l'espère, me permettra de réussir.

Le gouverneur paraissait vivement intéressé, car, dans l'expression du visage parsemé de taches de rousseur de cet homme, on voyait une résolution indomptable, indiquant avec quelle volonté il se chargerait de la mission qu'on voudrait bien lui confier. Après tout, c'était un marin rompu à tous les combats et, s'il était vrai qu'il voulût expier son passé, il était difficile de faire un meilleur choix.

– Ce sera là une tâche dangereuse, maître Craddock ! dit le gouverneur.

– Si j'y trouve la mort, elle fera oublier le souvenir de ma vie si mal employée. J'ai tant à me faire pardonner !

Le gouverneur ne trouvait pas moyen de le contredire.

– Quel est votre plan ? demanda-t-il.

– Vous avez sans doute entendu dire que le navire de Sharkey, l'Heureuse-Délivrance, a été construit précisément dans les chantiers du port de Kingston ?

– Il a, en effet, appartenu à Mr. Codrington, a été capturé par Sharkey, qui a fait couler bas sa propre chaloupe et a pris possession de ce navire dont l'allure était plus rapide, répondit sir Edouard.

– Oui, mais ce que vous ne savez peut-être pas, c'est que Mr. Codrington avait un autre navire construit sur le même modèle, de formes absolument identiques, la Rose-Blanche, qui se trouve en ce moment-ci dans le port et qui ressemble tellement à celui du pirate, qu'on ne peut les distinguer que par le liston blanc peint sur ce dernier.

– Ah ! Eh bien, que déduisez-vous de là ? demanda vivement le gouverneur de l'air de quelqu'un qui vient de voir poindre une idée dans son esprit.

– Grâce à cette circonstance, le bandit pourra tomber entre nos mains.

– Et comment cela ?

– J'effacerai au moyen d'une couche de peinture le liston de la Rose-Blanche et je lui donnerai en tout l'apparence de l'Heureuse-Délivrance. Je ferai ensuite voile vers l'île de la Vache, où cet homme est occupé actuellement à chasser les bœufs sauvages. Quand il l'apercevra, il ne manquera sûrement pas de le prendre pour son propre bateau qu'il attend et il viendra s'embarquer à mon bord de son plein gré.

Le plan était, en effet, assez simple et il sembla au gouverneur qu'il avait de grandes chances de succès. Sans aucune hésitation, il permit à Craddock de l'exécuter et de prendre toutes les mesures qu'il croirait nécessaires pour arriver au but qu'il s'était proposé. Sir Edward n'avait cependant pas beaucoup d'espoir, car bien des tentatives avaient été faites jusqu'alors pour s'emparer de Sharkey et le résultat avait toujours démontré qu'il était un homme aussi rusé qu'il était féroce. Cependant, le maigre puritain avait le renom d'avoir jadis été rusé, peut-être même aussi féroce que le sombre écumeur des mers.

La lutte entre deux esprits comme ceux de Sharkey et de Craddock devait frapper d'une façon toute particulière les sens du gouverneur, amateur bien connu de tous les sports. Bien qu'il fût intimement convaincu que les chances étaient contre lui, il paria sur son champion avec la même loyauté que s'il se fût agi de son cheval ou de son coq.

Il était indispensable d'agir en toute hâte, car, d'un jour à l'autre, le carénage pourrait être terminé et les pirates avoir repris la mer.

Cependant, les préparatifs ne devaient pas être très longs, car il ne manquait pas d'hommes de bonne volonté pour prêter leurs bras ; aussi, deux jours après, la Rose-Blanche cingla vers la haute mer. Il y avait dans le port bien des marins à connaître les lignes et la voilure du navire du pirate ; ils étaient unanimes à déclarer qu'il n'y avait aucune différence dans celui qui devait se substituer à lui. Son liston blanc avait été recouvert d'une couche de peinture, ses mâts et ses voiles avaient été noircis pour lui donner l'apparence d'un navire qui a beaucoup voyagé et une large pièce, en forme de losange, avait été placée dans ses huniers.

L'équipage était composé de volontaires, dont plusieurs avaient déjà figuré au nombre des matelots de Stephen Craddock. Le premier maître, Joshua Hird, avait fait autrefois la traite sur un négrier et avait été le complice le plus fidèle de Craddock dans plusieurs de ses expéditions. Il avait consenti, encore une fois, à répondre à l'appel de son chef.

Le navire vengeur traversa rapidement la mer des Caraïbes, et, en apercevant son hunier à la large pièce en losange, les petits bateaux qui l'apercevaient fuyaient de tous côtés comme des truites effrayées dans un étang. Le soir du quatrième jour, le cap Abacon se trouvait à cinq milles au nord-est.

Le soir du cinquième jour, la Rose-Blanche jetait l'ancre dans la baie des Tortues, dans l'île de la Vache, où Sharkey et ses quatre compagnons étaient occupés à chasser. C'était un endroit très boisé ; des palmiers, et des taillis poussaient jusqu'aux bords du croissant d'argent qui limitait la plage. On avait hissé le pavillon noir et la flamme rouge, mais aucun signal ne répondit de la côte. Craddock fouillait l'île de son regard perçant, espérant à chaque instant apercevoir un canot s'élancer du rivage, avec Sharkey assis, tenant les écoutes des petites voiles de sa baleinière, mais la nuit se passa ainsi que la journée suivante sans que les hommes qu'il traquait eussent donné le moindre signe de vie. On eût dit qu'ils s'étaient déjà embarqués.

Le matin du second jour, Craddock descendit à terre pour rechercher si Sharkey et ses compagnons étaient encore dans l'île. Ce qu'il vit ne tarda pas à le rassurer. Non loin du rivage se trouvait un « boucan » en branchages, semblable à ceux qu'on avait l'habitude de construire pour préparer les viandes, et tout autour étaient suspendues à des cordages des tranches de bœuf rôties. Le navire du pirate n'avait donc pas encore embarqué ses provisions et, par conséquent, les chasseurs se trouvaient encore dans l'île.

Pourquoi ne s'étaient-ils pas montrés ? Avaient-ils deviné que le navire qu'ils voyaient se balancer à l'ancre n'était point le leur ? Étaient-ils occupés à chasser à l'intérieur de l'île, n'attendant pas encore l'arrivée de leur navire ? Craddock hésitait entre les deux alternatives quand un Indien caraïbe lui donna le renseignement qu'il cherchait.

– Les pirates étaient dans l'île, lui dit-il, et leur camp était à une journée de marche de la mer.

Ils lui avaient ravi sa femme, et, sur son dos noir, on apercevait encore les marques rouges de leurs coups. Les ennemis des pirates étaient donc les bienvenus et il se faisait une joie de les conduire vers eux.

Craddock n'en demanda pas davantage, et, le lendemain matin, de bonne heure, une petite troupe, armée jusqu'aux dents, se mit en route, guidée par le Caraïbe. Toute la journée, les hommes durent traverser à grand'peine les broussailles, escalader les rochers, s'enfonçant de plus en plus à l'intérieur désolé de cette île. Çà et là ils rencontraient les traces des chasseurs, les os de quelque bœuf abattu, des empreintes de pas dans le marais ; et, quand le soir arriva, il sembla à quelques-uns entendre au loin le cliquetis des armes.

La nuit se passa sous les arbres ; dès l'aube, la petite troupe se remit en marche. Vers midi, elle arriva à des huttes construites en écorces d'arbres ; le Caraïbe fit connaître que c'était là le camp des chasseurs. Tout était silencieux et désert. Sans doute, les compagnons étaient partis à la chasse et reviendraient le soir. Craddock et ses hommes s'embusquèrent dans les broussailles environnantes, mais personne ne vint, et ils passèrent une autre nuit dans la forêt. Il était impossible de rien faire de plus, et Craddock estima qu'après deux jours d'absence il était grand temps de retourner à son navire.

Le voyage du retour fut moins difficile, car, à l'aller, ils s'étaient déjà frayé un sentier. Avant le soir, ils se retrouvèrent de nouveau à la baie des Palmiers et aperçurent leur navire à l'ancre, à l'endroit où ils l'avaient laissé. Ils sortirent leur canot et ses avirons de dessous les broussailles où ils les avaient cachés ; ils les mirent à l'eau et firent force de rames.

– Pas de chance, alors ? s'écria Joshua Hird, le premier maître, les regardant, le visage pâle, de la dunette.

– Le camp était vide, mais ils peuvent encore venir nous surprendre ! répondit Craddock en posant la main sur l'échelle de corde.

Un éclat de rire se fit entendre sur le pont.

– Je crois, dit le premier maître, que ces hommes feront bien de rester dans le canot.

– Pourquoi donc ?

– Si vous voulez monter à bord, vous vous en rendrez mieux compte.

Il parlait en hésitant, d'une voix particulièrement étrange.

Un flot de sang apparut au visage maigre de Craddock.

– Qu'est ceci, maître Hird ? s'écria-t-il, escaladant le bastingage. Comment vous permettez-vous de donner des ordres à l'équipage de mon canot.

Mais au moment même où il le franchissait, et à peine avait-il mis le pied sur le pont qu'un homme portant une barbe épaisse qu'il n'avait jamais remarqué à son bord lui arracha brusquement son pistolet. Craddock saisit violemment le poignet du gaillard, mais au même instant son premier maître lui arracha le coutelas qu'il portait à son côté.

– Quelle canaillerie est celle-ci ! s'écria furieusement Craddock en jetant un coup d'œil circulaire autour de lui.

L'équipage se tenait en petits groupes sur le pont ; les matelots riaient en se parlant à voix basse sans manifester la moindre velléité de se porter à son secours. Dans l'éclair que dura ce regard, Craddock se rendit compte qu'ils étaient accoutrés d'une manière très bizarre ; ils portaient de longs manteaux, des culottes de velours, des rubans de diverses couleurs attachés à leurs genoux : ils ressemblaient plutôt à des gens vêtus à la dernière mode qu'à des matelots.

Tout en examinant ces personnages bizarrement accoutrés, il se frappait le front de son poing fermé, se demandant s'il était réellement éveillé. Le pont lui paraissait plus sale qu'au moment où il l'avait quitté, et des visages étranges, brunis par le soleil, le regardaient de tous côtés. Il ne reconnaissait personne à l'exception de Joshua Hird. Son vaisseau avait-il été capturé pendant son absence de quelques jours ? Était-ce des compagnons de Sharkey qui l'entouraient ? À cette pensée, il se précipita furieusement essayant de regagner son canot. Mais aussitôt une douzaine de bras se posèrent sur ses épaules, le poussant jusqu'au gaillard d'arrière où s'ouvrait la porte de sa cabine.

Elle ne ressemblait en rien à celle qu'il avait quittée si peu de temps auparavant. Le parquet, le plafond, les meubles, tout lui paraissait changé. La sienne était simple et austère ; celle-ci était somptueuse, mais sale, tendue de rideaux en velours d'un grand prix, mais couverts de taches de vin. Les boiseries étaient en bois des îles, mais portaient de toutes parts des balles de pistolet enfoncées dans les parois.

Sur la table se trouvait étendue une grande carte marine de la mer des Caraïbes et devant, le compas en main, se tenait un homme au visage pâle entièrement rasé, la tête couverte d'un bonnet de fourrure, vêtu d'un paletot de damas couleur lie de vin. Craddock blêmit sous ses taches de rousseur, en regardant cet homme aux narines de fauve, aux yeux bordés de cils rouges qui le fixait avec le regard satisfait du joueur victorieux qui n'a pas laissé un seul atout à son adversaire.

– Sharkey ! s'écria Craddock.

Les lèvres du pirate s'ouvrirent, et il rompit le silence en faisant entendre son rire empreint du triomphe le plus insolent.

– Imbécile ! s'écria-t-il.

Tout en se baissant, il enfonça à plusieurs reprises ses compas dans l'épaule de Craddock.

– Pauvre misérable imbécile, d'avoir eu l'idée d'oser essayer de vous mesurer avec moi !

Craddock devint fou de rage, non pas tant à cause des blessures qui lui avaient été faites, que du ton de mépris dont la voix de Sharkey était empreinte. Il se jeta sur le pirate, hurlant de colère, le frappant, lui donnant des coups de pied, se tordant et écumant. Il fallut six hommes pour le maîtriser et le jeter à terre au milieu des débris de la table, et chacun de ces matelots portait les traces de la lutte effroyable qu'il lui avait fallu soutenir. Mais Sharkey le contemplait toujours du même œil méprisant. À l'extérieur se faisaient entendre le bruit de bois arrachés et la clameur de voix étonnées.

– Qu'est cela ? demanda Sharkey.

– On vient tout simplement d'enfoncer le canot dont l'équipage est à la mer.

– Eh bien, qu'il y reste, répondit le pirate. Maintenant, Craddock, vous savez où vous êtes, continua-t-il. Vous êtes à bord de mon navire l'Heureuse-Délivrance, et de plus à ma merci. Je vous considérais comme un brave marin, canaille que vous êtes, avant qu'il ne vous soit venu à l'idée de faire ce métier d'hypocrite. Voulez-vous capituler comme l'a déjà fait votre premier maître, vous joindre à nous, ou faut-il que je vous envoie rejoindre votre équipage ?

– Où est mon navire ? demanda Stephen Craddock au capitaine Sharkey.

– Il est au fond du golfe.

– Et mes hommes ?

– Ils sont aussi au fond du golfe.

– Alors, moi aussi, je suis destiné à aller au fond du golfe ?

– Coupez-lui le jarret, et jetez-le par-dessus bord, s'écria Sharkey.

Des bras solides avaient déjà entraîné Craddock sur le pont, et Galloway, le quartier-maître, avait déjà tiré son coutelas pour le mutiler, quand Sharkey sortit vivement de sa cabine. Son visage avait une expression de vive curiosité.

– Nous pouvons tirer un meilleur parti de ce failli chien ! s'écria-t-il. Vous allez voir mon idée ; elle est géniale. Jetez-le dans la soute aux voiles avec les fers aux mains et aux pieds, et venez ici, quartier-maître, pour que je vous explique mon plan !

Craddock, brisé de corps et d'âme, fut traîné dans la soute noire, tellement couvert de chaînes qu'il ne pouvait remuer ni pied ni main. Cependant, son sang d'homme du Nord, coulait vigoureux dans ses veines, et son esprit austère n'aspirait qu'à faire une fin qui pût racheter dans une certaine mesure les fautes nombreuses de son existence. Toute la nuit il resta étendu à fond de cale, entendant le bruit de l'eau qui courait le long du bordage et le frémissement de la membrure. Il comprenait qu'on était en pleine mer et que le navire filait à toute vitesse. Aux premières lueurs du matin, un homme parvint jusqu'à lui en rampant, par-dessus les monceaux de voiles.

– Voici du rhum et du biscuit, fit la voix de son ancien premier maître. C'est au risque de ma vie que je suis venu vous les apporter, maître Craddock.

– C'est pourtant vous qui êtes cause de ma perte et qui avez réussi à me prendre comme dans un piège, s'écria Craddock. Comment répondrez-vous là-haut du crime que vous avez commis ?

– Si je l'ai fait, c'est que je sentais la pointe d'un couteau entre mes deux omoplates.

– Que Dieu vous pardonne de vous être montré si lâche, Joshua Hird !

Comment êtes-vous tombé entre leurs mains ?

– Voilà, maître Craddock. Le navire du pirate est revenu de son carénage le jour même où vous nous avez quittés. Ils nous ont attaqués à l'abordage. Nous ne pouvions leur offrir qu'une faible résistance ; l'équipage se trouvait fort diminué, car vous aviez pris avec vous pour votre expédition l'élite de nos matelots. Un certain nombre furent tués sur le coup ; ce furent les plus heureux. Les autres furent massacrés ensuite. Quant à moi, j'ai obtenu la vie sauve en consentant à signer un engagement de rester avec eux.

– Et ils ont coulé bas mon navire ?

– Oui, ils l'ont coulé ; alors Sharkey et ses hommes qui avaient suivi de loin, cachés dans les broussailles toutes les péripéties de la lutte, sont venus dans leur canot jusqu'au navire. Sa grand'vergue avait été brisée lors de sa dernière traversée, et en voyant la nôtre sans la moindre avarie, il avait conçu des soupçons. La pensée lui est alors venue de vous tendre le même piège que vous lui aviez tendu.

Craddock laissa entendre un profond soupir de désespoir.

– Comment se fait-il que je n'aie pas remarqué cette grande vergue brisée, murmura-t-il. Et savez-vous dans quelle direction vogue le navire ?

– Nous filons au nord-ouest.

– Nord-ouest ! alors nous devons nous diriger vers la Jamaïque ?

– Oui, avec un vent de huit nœuds.

– Avez-vous entendu dire ce qu'ils ont l'intention de faire de moi ?

— Je n'en sais rien. Ah ! si vous vouliez seulement signer…

— Assez, Joshua Hird ! J'ai déjà compromis trop souvent le salut de mon âme, n'insistez pas !

— Comme vous voudrez ! J'ai fait ce que j'ai pu… Adieu !

Toute cette nuit-là et le lendemain l'Heureuse-Délivrance fila rapidement, poussée par les vents alises, et Stephen Craddock, dans l'obscurité de la soute aux voiles, travailla patiemment à rompre les fers qui lui enserraient les poignets. Il avait réussi à retirer une de ses mains au prix de ses articulations saignantes, mais, malgré tous ses efforts, il ne pouvait débarrasser l'autre et ses chevilles étaient attachées trop solidement pour qu'il pût les dégager.

Heure après heure, il entendait le bruissement des flots contre la coque et comprenait que le navire courait de toutes ses forces sous une belle brise. Ils ne devaient pas tarder, grâce à cette allure, à arriver à la Jamaïque ! Quelle idée Sharkey avait-il en tête et qu'allait-il faire de lui ? Craddock grinça des dents et se jura que, s'il avait jadis été un brigand renommé, jamais l'emploi de la force ne pourrait le faire retourner à ses anciens crimes.

Le matin du second jour, Craddock put se rendre compte que la voilure du navire avait été sensiblement, diminuée et qu'il virait lentement sous une faible brise. L'angle de pente du navire sur le flot et les bruits qu'il entendait sur le pont faisaient deviner à ses sens exercés ce qui se passait au plein air. Les bordées successives lui démontraient qu'on louvoyait près de la côte et qu'on se dirigeait vers un point bien défini. S'il ne se trompait pas, on devait arriver à la Jamaïque. Mais dans quel but ? voilà ce qu'il ne pouvait arriver à comprendre.

Tout à coup il perçut sur le pont un immense éclat de cris d'allégresse, de vivats bien nourris, puis, au-dessus de sa tête, le bruit sourd du canon, auquel répondirent les grondements éloignés des batteries du port. Craddock se souleva et écouta de toutes ses oreilles. Le navire était-il dans le feu du combat ? Un seul coup de canon avait été tiré du bord, bien que plusieurs lui eussent répondu, mais il n'avait pas entendu contre les parois ce bruit particulier de la mitraille venant s'abattre sur le bois.

Si ce n'était pas un combat, ce devait être un salut ; mais qui pouvait saluer Sharkey le pirate ? Seul, un autre navire de la même espèce pouvait le faire. Craddock retomba avec un gémissement et reprit son travail dans le but de retirer les fers qui enserraient sa main droite.

Tout à coup, il entendit à l'extérieur le bruit des pas ; à peine eut-il le temps de repasser à sa main l'anneau de fer qu'il en avait détaché. La porte s'ouvrit brusquement et deux pirates firent leur apparition.

– Avez-vous votre marteau, charpentier ? demanda l'un d'eux que Craddock reconnut être le gigantesque quartier-maître. Allons, enlevez donc les fers de ses pieds. Laissez-lui seulement les bracelets, pour l'empêcher de s'échapper.

Avec son marteau et son ciseau à froid, le charpentier brisa les entraves.

– Qu'allez-vous faire de moi ? demanda Craddock.

– Montez sur le pont et vous ne tarderez pas à le savoir.

Le matelot le saisit par le bras et le conduisit brusquement jusqu'au bas de l'échelle de dunette. Au-dessus de lui il apercevait le ciel, formant comme un carré de bleu coupé par le mât de misaine au sommet duquel flottaient des pavillons, et ce fut la vue de ces drapeaux qui coupa la respiration à Stephen Craddock. Il y en avait deux, le pavillon anglais flottant au-dessus de celui de lolly Rodger, le pavillon royal au-dessus de celui des bandits !

Un instant, Craddock s'arrêta, pétrifié, mais une poussée violente des pirates placés derrière lui l'obligea à escalader l'échelle. Quand il sortit sur le pont, ses yeux se levèrent vers le grand mât. Là encore, les couleurs anglaises flottaient au-dessus de la flamme rouge. Tous les mâts, toutes les vergues, jusqu'aux haubans étaient ornés de drapeaux.

Le vaisseau avait-il été capturé ? C'était impossible, car les pirates étaient là, tous groupés sur les bastingages, secouant joyeusement leurs chapeaux en l'air. À l'endroit le plus en vue se trouvait son ancien quartier-maître, le renégat qui, debout à la coupée, gesticulait avec énergie. Craddock regarda par-dessus bord, cherchant la cause de tant de vivats, et un coup d'œil suffit pour lui faire comprendre combien le moment était critique.

Sur la jetée du port, et à un mille de là, se trouvaient les maisons blanches et les forts de Port-Royal. Des drapeaux flottaient de toutes parts sur les toits. En face de lui s'allongeaient les palissades conduisant à la ville de Kingston. À moins d'un quart de mille il voyait s'avancer un petit bateau qui montait contre le vent. Le pavillon anglais flottait à l'arrière et ses mâts étaient pavoises. Sur le pont, on distinguait une foule monstrueuse poussant des cris de joie et agitant chapeaux et mouchoirs. Une ligne écarlate indiquait la présence à bord de nombreux officiers de la garnison.

En un instant, avec la perception vive d'un homme d'action, Craddock comprit tout.

Sharkey, avec cette ruse diabolique et cette audace surprenante qui constituaient le fond de son caractère, était en train de jouer pour son propre compte le coup de théâtre que lui-même, Craddock, eût produit s'il eût remporté la victoire. C'était en son honneur que les canons avaient tonné, c'était à lui que ces saluts avaient été adressés, c'était pour lui que les drapeaux flottaient. C'était dans le but de lui souhaiter la bienvenue que le gouverneur, le commandant de la place et les autorités de l'île approchaient en ce moment. Dans dix minutes, ils se trouveraient à portée des canons de l'Heureuse-Délivrance et Sharkey aurait obtenu une victoire telle que jamais un pirate n'en aurait gagné une semblable.

– Amenez-le ! s'écria le pirate au moment où Craddock apparut, entouré du charpentier et du quartier-maître.

– Tenez les sabords fermés, mais ouvrez ceux qui forment embrasure pour les canons et tenez-vous prêts à lâcher une bordée. Encore deux encablures et nous les tenons tous !

– Ils ont l'air de s'éloigner, dit le maître d'équipage. M'est avis qu'ils se doutent de quelque chose.

– Ce sera vite passé ! dit Sharkey, jetant les yeux sur Craddock. Restez ici, vous, là… bien devant, afin qu'ils puissent vous reconnaître, posez votre main sur le gui et agitez votre chapeau. Vite, ou sans cela on va vous faire sauter la cervelle. Enfoncez lui un peu votre couteau dans le dos, Ned !

Ce dernier obéit.

– Et maintenant, continua Sharkey, allez-vous agiter votre chapeau ? Allez-y de nouveau, Ned !… tirez dessus, fusillez-le !…

Il était déjà trop tard ! Comptant sur les menottes qui le serraient, le quartier-maître avait retiré un instant ses mains de sur l'épaule de Craddock. Il avait suffi à ce dernier d'un instant pour repousser loin de lui le maître charpentier du navire, et, au milieu d'une décharge générale de pistolets, il avait eu le temps de repousser brusquement ceux qui l'entouraient et le croyaient jusqu'alors dans l'impossibilité de fuir. Escaladant le bastingage avec le courage du désespoir, il s'était jeté à la mer et nageait de toutes ses forces !

Il avait été atteint à plusieurs endroits, mais il faut bien des balles de pistolet pour tuer un homme résolu et fort qui s'est voué à accomplir une œuvre avant de mourir. Craddock était un excellent nageur et, malgré le sillage rouge qu'il laissait dans la mer, il augmentait rapidement la distance qui le séparait des pirates.

– Donnez-moi un mousquet ! s'écria Sharkey avec un juron formidable.

C'était un excellent tireur et ses nerfs d'acier ne lui faisaient jamais défaut dans une circonstance difficile. La tête sombre apparaissait sur la crête d'une vague, puis s'enfonçait pour reparaître à nouveau ; le nageur était déjà à moitié chemin de la chaloupe. Sarkey visa longtemps avant de tirer. En entendant armer le chien du mousquet, Craddock se souleva sur la vague, en agitant les mains et, en signe d'avertissement, poussa un cri qui s'entendit de toute la baie.

Au moment où la chaloupe virait de bord, le navire pirate fit feu de toutes ses pièces. C'était une bordée inutile. Stephen Craddock, souriant, grave dans les affres de la mort, s'enfonça lentement dans la couche d'or de la mer qui se referma sur lui, rayonnante.

III

COMMENT COPLEY BANKS TUA LE CAPITAINE SHARKEY

Les Boucaniers formaient une association d'un niveau bien plus élevé que les simples maraudeurs. Ils constituaient une sorte de république flottante avec des lois, des coutumes et une discipline qui leur étaient propres. Dans leurs querelles sans fin et sans répit avec les Espagnols, ils avaient un semblant de droit de leur côté, et leurs pillages sanguinaires des cités du Main n'étaient pas, en réalité, plus barbares que les incursions de l'Espagne dans la Hollande ou les pays caraïbes qui bordaient leurs possessions d'Amérique.

Le chef des Boucaniers, fût-il Anglais ou Français, un Morgan ou un Grammont, était un personnage considérable que sa patrie était loin de répudier, et dont parfois au contraire elle se glorifiait, pourvu qu'il évitât de commettre des actes qui pussent blesser trop gravement les consciences d'ailleurs fort élastiques du xviie siècle. Quelques-uns d'entre eux étaient des gens fort religieux et on se rappelle encore comment Sawkins jeta par-dessus bord les jeux de dés avec lesquels ses partisans n'avaient pas craint de jouer un jour de sabbat ; comment Daniel fit sauter la cervelle d'un de ses compagnons devant l'autel d'une église pour réprimer son manque de respect à l'égard du saint lieu.

Cependant, un jour arriva où les flottes des Boucaniers ne se rassemblèrent plus aux îles Tortugas et où les pirates solitaires, contempteurs de toutes les lois, prirent leur place. Pourtant même chez les premiers d'entre eux il subsistait des lueurs de discipline et de contrainte morale. Les Avory, les England et les Roberts conservèrent encore quelque respect des sentiments humains. Ils étaient plus dangereux pour le navire de commerce lui-même que pour les marins qu'il avait à son bord.

À leur tour ils furent remplacés par des hommes plus féroces et plus désespérés qui déclarèrent hautement que, dans leur guerre avec la race humaine, ils ne feraient quartier à personne et jurèrent de n'appliquer d'autre loi que celle du talion. Nous connaissons peu de leurs histoires qui puissent les dépeindre sous un jour favorable. Ils n'écrivaient pas de mémoires et ne laissaient guère de traces, sauf, parfois, des navires noircis et couverts de sang abandonnés au milieu des vagues de l'Atlantique. Les forfaits n'étaient connus que par la longue liste des navires qui avaient quitté leurs ports pour ne jamais y revenir.

En fouillant les annales de l'histoire on retrouve cependant parfois les dossiers de vieux procès venant soulever, pour un instant, le voile qui les enveloppait, et faire connaître leurs odieuses brutalités, leurs férocités révoltantes. Parmi ces hommes de sac et de corde se distinguèrent Ned Low,

Gow l'Écossais et l'infâme Sharkey dont le noir navire l'Heureuse-Délivrance était connu depuis les bancs de Terre-Neuve jusqu'aux bouches de l'Orénoque comme le sombre avant-coureur de la douleur et de la mort.

Bien des hommes dans les îles aussi bien que sur le continent avaient des querelles à vider avec Sharkey, mais personne n'avait été plus éprouvé par lui que Copley Banks de Kingston. Banks avait été un des plus importants négociants en sucres des Indes occidentales ; c'était un homme ayant un rang social assez élevé, il était membre du Conseil, avait épousé une Percival, rejeton d'une noble famille, et cousine du gouverneur de la Virginie. Il avait envoyé ses deux fils compléter à Londres leur éducation et leur mère s'était embarquée pour les ramener en Amérique. Le vaisseau la Duchesse-de-Cornouailles, sur lequel ils effectuaient la traversée de retour, avait été capturé par Sharkey, et toute la famille du malheureux avait subi une mort infâme.

Copley Banks ne fit pas entendre de plaintes inutiles quand on lui apprit la funèbre nouvelle, mais il tomba dans une tristesse profonde, négligeant ses affaires, évitant ses amis les plus chers et passant une partie de son temps dans les auberges mal famées fréquentées par les matelots. Là, au milieu du bruit et des débauches crapuleuses, il s'asseyait silencieusement, la pipe à la bouche, le visage grave, l'œil pensif. On supposait le plus généralement que ses malheurs avaient ébranlé sa raison, et ses anciens amis s'étaient peu à peu détachés de lui, car la compagnie dans laquelle il se plaisait devait éloigner tous les honnêtes gens.

De temps en temps, se répandait le bruit de nouveaux exploits maritimes accomplis par Sharkey. Parfois c'était une goélette qui, ayant aperçu une grande flamme à l'horizon, s'était approchée pour porter secours au navire en détresse et qui s'était enfuie à la vue de la barque noire qui se tenait comme quelque loup auprès d'une brebis étranglée. Quelquefois c'était un navire marchand effrayé qui arrivait au port toutes les voiles dehors, car il avait aperçu au large le hunier à la large pièce en losange qui s'élevait lentement dans le violet de l'horizon. D'autres fois, c'était un caboteur qui avait trouvé à la marée basse, dans la baie de Bahama, une jonchée de cadavres à demi desséchés par le soleil.

Un jour, arriva à Kingston un marin qui avait été maître d'équipage à bord d'un navire venant de la Guinée, et s'était évadé des mains du pirate. Il ne pouvait plus parler – pour des motifs que seul Sharkey connaissait – mais il pouvait écrire, et c'est ce qu'il fit pour le plus grand intérêt de Copley Banks. Pendant des heures, ils restèrent l'un et l'autre penchés sur une carte, tandis que l'homme muet désignait, çà et là, des écueils, des récifs éloignés, des petits bras de mer tortueux, et que son compagnon fumait en silence, impassible ; ses yeux cependant lançaient des éclairs.

Un matin, environ deux années après son malheur, Mr. Copley Banks entra dans son bureau, avec l'expression d'énergie et de vigueur qu'il avait autrefois. Son gérant le contempla d'un air surpris, car il y avait des mois qu'il ne témoignait plus aucun intérêt à ses affaires.

– Bonjour, master Banks ! dit-il.

– Bonjour, Freeman ! Je viens de voir le Ruffling-Harry en rade.

– En effet, il part mercredi prochain pour les Iles sous le Vent.

– J'ai d'autres vues en ce qui le concerne, Freeman. Je me suis décidé à m'en servir pour tenter une expédition à la recherche de « bois d'ébène » à Whydah.

– Mais sa cargaison est toute prête, répondit le gérant.

– Alors, il faudra la décharger. Mes idées sont bien arrêtées et le Ruffling-Harry ira sans faute chercher une cargaison de « bois d'ébène » à Whydah.

Toute insistance était superflue, et tristement le gérant fit décharger le navire.

Copley Banks commença alors à faire ses préparatifs en vue de son voyage d'Afrique. Il comptait, pour remplir sa cale, sans doute plus sur l'usage de la force que sur un échange, car il n'emporta aucune pacotille de cette verroterie qui plaît tant aux sauvages. Il arma son brick de huit caronades de neuf, et les râteliers furent garnis de mousquets et de sabres d'abordage. La soute aux voiles, placée derrière la cabine, fut changée en magasin de poudre et on apporta à bord autant de boulets que si le navire était armé pour la course. De l'eau et des provisions furent embarquées en grande quantité, de manière à permettre une longue traversée.

Cependant, ce qui fut le plus étonnant, ce fut le recrutement de son équipage. Le gérant Freeman se rendit compte qu'il y avait un grand fond de vrai dans les assertions qui dépeignaient son patron comme ayant perdu ses facultés mentales. Sous un prétexte ou un autre, il renvoya les vieux matelots qu'il avait à son service depuis des années et, à leur place, il embarqua l'écume du port, des hommes dont la réputation était si mauvaise que le plus méchant bateau n'aurait jamais voulu les abriter à son bord.

Il y avait là Birthmark Sweetlocks, qui avait, au vu et au su de tout le monde, pris parti au massacre des bûcherons de Campêche, et l'on disait même que la tache rouge qui le défigurait avait été causée par ce crime abominable. Il l'avait choisi comme maître d'équipage. Sous ses ordres se trouvait Israël Martin, un petit homme brûlé par le soleil qui avait servi sous les ordres du fameux Howell Davies à la prise de Cape Coast Castle.

L'équipage avait été recruté parmi ceux que Banks avait rencontrés et connus dans le bouge infâme et il avait même pris pour son stewart un homme au visage hagard qui semblait vouloir vous avaler quand il ouvrait la bouche pour parler. Il s'était fait raser la barbe et il était impossible de reconnaître en lui l'homme que Sharkey avait tenu sous son poignard et qui, après s'être évadé, avait raconté les exploits du pirate à Copley Banks.

Les faits et gestes de ce dernier avaient, bien entendu, été fort remarqués par tous les habitants de la ville de Kingston, qui ne s'étaient pas privés d'en faire des commentaires.

Le commandant des troupes, le major Harvey, de l'artillerie, attira sur ces points l'attention toute particulière du gouverneur.

– Ce n'est pas là un navire de commerce, dit-il, mais une véritable corvette de guerre. Je crois qu'on ferait bien d'arrêter Copley Banks et de saisir son navire.

– Que soupçonnez-vous donc ? demanda le gouverneur dont l'intelligence avait été fortement affaiblie, tant par les fièvres que par l'usage immodéré du vin de Porto.

– Je soupçonne, dit l'officier, que nous nous trouverons en face d'une nouvelle affaire Stede Bonnett.

Stede Bonnett avait été un planteur d'une haute réputation de moralité et, de plus, fort religieux. Tout à coup, par suite sans doute d'une bizarrerie de son esprit retournant à l'état sauvage, il avait abandonné sa plantation, quelques années auparavant, pour aller pirater dans la mer des Caraïbes. L'exemple était encore assez récent et avait causé la consternation dans tout l'archipel. Des gouverneurs avaient été autrefois gravement soupçonnés d'être de mèche avec les pirates et de recevoir un tant pour cent sur leur butin ; aussi, tout défaut de vigilance devait-il facilement éveiller toutes les suppositions les plus fâcheuses.

– Eh bien, major Harvey, avait-il dit, je suis désolé d'être obligé de faire quelque chose qui puisse déplaire à mon ami Copley Banks. Car, bien souvent, je me suis trouvé à sa table, mais, après ce que vous venez de me dire, je n'ai pas le choix et je dois vous ordonner de pratiquer une perquisition à, son bord pour vous rendre compte de la destination et du caractère de son expédition.

Dans la nuit même, vers une heure du matin, le major Harvey, accompagné d'une escouade de soldats, monta dans une chaloupe pour faire une visite inopinée au Ruffting-Harry. Tout ce qu'il en trouva, ce fut un long câble de chanvre attaché au coffre, où le navire avait jadis mouillé. Le brick avait coupé l'amarre au moment où il avait senti le danger ; il avait déjà dépassé les Palissades et, poussé par les vents alisés, il filait à grande allure vers le détroit de Windward.

Le lendemain matin, après avoir dépassé le cap Morant qui paraissait dans le sud, noyé dans la brume, Copley Banks fit réunir tout l'équipage près du gaillard d'arrière et lui fit connaître quels étaient ses plans. Il avait choisi tous ces marins, leur dit-il, parce qu'ils étaient tous intelligents, solides, ayant des nerfs d'acier et préféraient courir les risques d'une expédition en mer que de mourir de faim sur le plancher des vaches, en cherchant péniblement à gagner leur vie. Les vaisseaux du roi étaient peu nombreux, mal armés, et il serait donc très facile à des gens déterminés de s'emparer d'autant de navires marchands qu'ils le désireraient. Ce genre de commerce avait bien réussi à d'autres et, avec un navire bien approvisionné, solidement construit, il n'y avait pas de raison pour qu'ils n'arrivassent pas à leur tour à changer leurs vestes goudronnées contre des vêtements de velours. S'ils étaient disposés à naviguer sous le pavillon noir, il était prêt à les commander ; si quelques-uns d'entre eux désiraient se retirer, le canot était là, à leur disposition, et ils n'avaient qu'à retourner à la Jamaïque.

Sur les soixante-quatre hommes composant l'équipage, quatre se présentèrent, demandant à s'en aller, et descendirent du navire dans le canot, au milieu des cris et des huées de leurs camarades. Le reste se réunit à l'arrière et l'on se mit en devoir de rédiger les clauses de l'association. Quelques instants après, un carré d'étoffe noire, sur laquelle on avait peint un crâne blanc, était hissé au sommet du mât d'artimon, au milieu des vivats de tout l'équipage assemblé.

Les officiers furent élus et les limites de leur pouvoir soigneusement fixées. Copley Banks fut désigné comme capitaine, et, comme il n'y avait pas de second sur les navires des pirates, Birthmark Sweetlocks fut nommé quartier-maître et Ismael Martin maître d'équipage. Il ne fut pas difficile de déterminer les règles du contrat et les habitudes du bord, car la moitié des matelots, au moins, avaient déjà servi sur des navires de cette nature. La nourriture devait être la même pour tous et une entière liberté était donnée à chacun. Le capitaine avait droit à une cabine, mais tous pouvaient s'y présenter chaque fois qu'ils le désireraient.

Les parts de prises seraient divisées également ; seuls le capitaine, le quartier-maître, le maître d'équipage, le maître charpentier et le capitaine d'armes auraient droit à une part en plus. Le premier qui aurait signalé un bateau aurait droit à la meilleure arme qu'on trouverait à bord ; celui qui aurait escaladé le premier les bastingages ennemis obtiendrait le costume le plus riche du bâtiment capturé. Chacun des matelots aurait le droit absolu de traiter ses prisonniers, hommes ou femmes, de la manière qui lui conviendrait le mieux. Si un matelot venait à lâcher pied dans une attaque, le quartier-maître avait sur lui droit de vie et de mort. Tels étaient les principaux articles du traité adopté par l'équipage du Ruffling-Harry, qui fut suivi de quarante-deux croix au bas du papier sur lequel avaient été écrites ces stipulations.

Ce fut ainsi qu'un nouvel écumeur se lança à travers les mers et, avant qu'une année se fût écoulée, son nom était aussi redouté que celui de l'Heureuse-Délivrance. De l'archipel des Bahamas aux Leewards et des Leewards aux Îles sous le Vent, Copley Banks devint le rival de Sharkey et la terreur des navires au long cours. Pendant longtemps, les deux navires ne se rencontrèrent pas, et cette circonstance était d'autant plus étonnante que le Ruffling-Harry était sans cesse dans les parages fréquentés par Sharkey. Enfin, un jour qu'il passait dans la baie de Coxon'sthole, à l'extrémité est de l'île de Cuba, dans le but de s'y arrêter pour caréner, il se rencontra avec l'Heureuse-Délivrance, avec ses cordages, ses blocs de bois apprêtés dans le même but.

Copley Banks fit tirer le canon de salve et hissa le pavillon vert, selon la coutume adoptée par les gentilshommes de la mer. Puis il fit lancer son canot à la mer et aborda l'autre navire.

Le capitaine Sharkey était loin de passer pour un homme aimable, et il montrait généralement peu de sympathie pour les gens qui faisaient le même commerce que lui-même. Copley Banks le trouva assis à califourchon sur une de ses caronades d'arrière ; à côté de lui se tenait son quartier-maître de la Nouvelle-Angleterre, Nel Galloway, et une multitude hurlante de brigands. Pourtant, chacun de ces gaillards perdit quelque peu de son assurance quand le regard bleu de Sharkey vint à se poser sur lui.

Il était en manches de chemise, laissait apercevoir le jabot de batiste de sa chemise, sous son long gilet de satin rouge entr'ouvert. Le soleil brûlant semblait n'avoir sur sa maigreur aucune influence, car il portait un bonnet de fourrure comme si l'on se fût trouvé au milieu de l'hiver. Une large ceinture, formée de plusieurs bandes de soie de différentes couleurs s'enroulant autour de son corps, était traversée d'un yatagan, tandis que son ceinturon de cuir était garni de pistolets.

– Ah ! vous voilà, braconnier ! s'écria-t-il, quand Copley Banks sauta par-dessus ses bagages. Je m'en vais vous faire fouetter jusqu'à ce que mort s'ensuive ! Quel toupet avez-vous de venir pêcher dans mes eaux !

Copley Banks le regarda avec les yeux d'un voyageur qui arrive à destination.

– Je suis heureux de voir que nous sommes du même avis car, moi aussi, je trouve que les mers ne sont pas assez grandes pour nous deux. Mais si vous voulez prendre votre sabre et vos pistolets et descendre sur la plage avec moi, alors, quel que soit le résultat du combat, le monde aura un bandit de moins.

– Voilà qui est parlé ! s'écria Sharkey, bondissant sur son fusil et lui tendant la main. Je n'ai jamais rencontré jusqu'ici d'hommes qui aient osé regarder en face John Sharkey et lui parler sans frémir. Que le diable m'emporte si je ne vous choisis pas pour ami ; mais si vous me trahissez, je vous jure que je descendrai à votre bord et que je vous clouerai sur votre dunette, les tripes à l'air.

– Je vous fais le même serment ! s'écria Copley Banks.

Ce fut ainsi que les deux pirates devinrent des amis intimes.

Pendant le cours de l'été ils voyagèrent de concert jusqu'au banc de Terre-Neuve et pillèrent les navires marchands de New-York et les bateaux de pêche de la Nouvelle-Angleterre. Ce fut Copley Banks qui captura la Maison-de-Hanovre, un navire du port de Liverpool, mais ce fut Sharkey qui attacha son patron au cabestan, et le lapida avec des bouteilles vides de vin de Bourgogne.

De concert, ils engagèrent le combat avec le vaisseau du roi la Royale-Fortune, qui avait été envoyé à leur recherche, et le forcèrent à s'enfuir après une bataille de nuit qui dura cinq heures au milieu d'un abordage, où les deux équipages, nus, ivres, se battaient à la lueur des lanternes du bord, s'arrêtant parfois pour boire aux immenses baquets de rhum placés à côté des bouches à feu. Ils allèrent ensuite jusqu'à la baie de Topsail dans la Caroline du Nord pour réparer leurs avaries, et au printemps ils se trouvaient réunis au Grand-Caisos, prêts à entreprendre une nouvelle croisière sur les côtes des Indes occidentales.

Entre temps, l'amitié de Sharkey et de Copley Banks n'avait fait que s'accroître ; ils étaient devenus inséparables, car Sharkey aimait surtout parmi les brigands ceux qui possédaient un véritable cœur d'acier, et à cet égard le capitaine du Ruffling-Harry réalisait entièrement son idéal. Il avait été lent à lui donner son entière confiance, car le fond de son caractère était soupçonneux. Jamais il ne s'était éloigné de son navire et ne s'était risqué à perdre de vue son équipage.

Copley Banks, au contraire, venait souvent à bord de l'Heureuse-Délivrance, et partageait avec Sharkey ses débauches souvent moroses. Les craintes de Sharkey finirent enfin par entièrement disparaître. Il ne se doutait pas du mal qu'il avait fait à son nouveau compagnon, car comment se rappeler, parmi ses nombreuses victimes, la femme et les deux jeunes gens qu'il avait assassinés avec tant de légèreté d'âme, il y avait déjà si longtemps ! Aussi, le dernier soir de leur séjour à Caicos-Bank, quand il reçut de son ami une invitation à une orgie pour lui et son quartier-maître, il ne trouva aucun motif de refus.

Un navire rempli de passagers avait été pillé précisément la semaine précédente, et, comme les provisions en étaient nombreuses et de première qualité, ils furent cinq à faire un excellent souper, après lequel ils burent tous d'une façon démesurée. Les convives se composaient des deux capitaines, de Berthmark Swetlocks, Ned Galloway et Israël Martin, le vieux boucanier. Ils étaient servi par le stewart muet auquel Sharkey porta un énorme coup à la tête, parce qu'il s'était montré trop lent à remplir son verre.

Le quartier-maître avait eu soin d'enlever à Sharkey ses pistolets, car une de ses plaisanteries favorites était de faire feu sous la table sans viser, et de constater lequel était, des convives, celui qui avait le plus de chance. Cette drôlerie avait coûté une jambe à son maître d'équipage. Aussi quand la table était-elle desservie, avait-on pris l'habitude, sous prétexte de la chaleur, d'enlever à Sharkey toutes ses armes et de les mettre hors de sa portée.

La cabine du capitaine, sur le Ruffling-Harry, était placée sur le pont du navire, à l'étrave, et un canon de retraite était placé derrière. Tout autour de la paroi se trouvaient des râteliers d'armes et trois énormes barils de poudre servant de dressoirs pour poser les plats et les bouteilles. Dans cette pièce lugubre, les cinq bandits continuèrent de boire en chantant et en hurlant, tandis que le stewart remplissait en silence leurs verres, et leur passait successivement le tabac et la chandelle pour allumer leurs pipes. Heure après heure, la conversation devenait plus infecte, les voix plus enrouées, les jurons et les cris plus incohérents. Enfin, sur les cinq convives, trois fermèrent leurs yeux injectés de sang et laissèrent tomber sur la table leurs têtes ballottantes.

Copley Banks et Sharkey restaient face à face, l'un parce qu'il avait à peine bu, l'autre parce que l'abus des boissons n'arrivait jamais ni à briser ses nerfs d'acier, ni à réchauffer son sang pourri. Derrière lui se tenait aux aguets le stewart, remplissant à chaque instant son verre qui se vidait. Au dehors on entendait le bruissement de la vague léchant les flancs du navire, et la voix d'un marin qui chantait sur l'autre barque.

Dans cette nuit calme et sereine du tropique, les paroles du chanteur parvenaient claires à leurs oreilles :

Le long courrier est parti de Stepney Towm.
Réveille-toi !
Secoue-toi !
Hisse la grand voile !
Le long courrier est parti de Stepney Town,
Avec une barrique d'or, des habits de velours.
Le drapeau des pirates est tout près qui te guette,
Les voiles baissées prêtes à se lever
Sur la mer de Lowland !

Les deux bons amis écoutaient en silence. Tout à coup, Copley Banks jeta un coup d'œil au stewart, et celui-ci prit un rouleau de corde à un des râteliers placé derrière lui.

– Capitaine Sharkey, dit Copley Banks, vous rappelez-vous la Duchesse-de-Cornouailles, qui venait de Londres, que vous avez capturée et coulée bas, près du banc de Statira, il y a trois ans ?

– Le diable m'emporte, si je me rappelle ce nom ! répondit Sharkey. À cette époque-là nous avons capturé au moins dix navires par semaine !

– Il y avait à bord, parmi les passagers, une mère et ses deux fils ; peut-être cette circonstance rappellera-t-elle vos souvenirs ?

Le capitaine Sharkey s'allongea sur sa chaise et parut s'absorber dans ses pensées. Tout à coup, il partît d'un rire bruyant et affirma que maintenant il se rappelait parfaitement de cet exploit et donna même des détails pour le prouver.

– Comment, diable, tout cela m'était-il sorti de la mémoire ? Mais comment se fait-il que cette pensée vous soit venue ?

– C'est qu'elle m'intéressait beaucoup, répondit Copley Banks, car cette mère était ma femme, et les deux jeunes gens, qui l'accompagnaient mes deux fils uniques.

Sharkey regarda son compagnon bien en face et constata que la lueur étrange qui courait toujours au fond de ses yeux était subitement devenue une véritable flamme. Dans son regard, il lut une menace terrible et il porta aussitôt ses mains à son ceinturon vide. Il se retourna alors pour saisir une arme, mais, avant qu'il eût pu faire un geste, l'arc décrit par une corde s'abattait sur lui et ses deux bras se trouvaient attachés à ses flancs. Il se débattit comme un chat sauvage et se mit à hurler au secours.

– Ned ! criait-il d'une voix désespérée. Ned ! Réveille-toi !… C'est là une odieuse trahison ! Au secours ! Ned, au secours !

Mais les trois hommes étaient trop ivres-morts pour qu'aucune voix parvînt à les réveiller.

Et la corde s'enroulait toujours, et toujours autour de lui, jusqu'à ce qu'il fût, des pieds jusqu'à la tête, ficelé comme un saucisson. Copley Banks et le stewart l'appuyèrent comme une masse inerte contre un des barils de poudre, après l'avoir bâillonné avec un mouchoir. Seuls, ses yeux pouvaient bouger et ne se privaient pas de lancer des regards foudroyants. Le muet manifestait l'exultation de son triomphe par de petits cris incohérents, et, pour la première fois, Sharkey frémissait en apercevant s'ouvrir devant lui cette bouche vide, dont il avait arraché la langue. Il comprit qu'elle était le modèle de cette vengeance lente et patiente qui le guettait depuis si longtemps, et arrivait enfin à le saisir.

Les deux vainqueurs avaient, à l'avance, combiné tous leurs plans et ils avaient été bien mûris et savamment compliqués.

Tout d'abord, ils enfoncèrent les couvercles des deux barils de poudre et renversèrent le contenu sur la table et par terre. Ils en répandirent tout autour et au-dessous des trois hommes ivres jusqu'à ce que chacun d'eux se trouvât sur un véritable lit de poudre. Ils portèrent ensuite Sharkey jusqu'au canon et l'attachèrent au sabord, le corps à environ un pied de la gueule. Il avait beau essayé de se débattre, il lui était impossible de se déplacer d'un centimètre à droite ou à gauche, car le muet l'avait ligoté avec toute l'habileté du marin consommé, de telle manière qu'il ne lui restât aucune chance d'arriver à pouvoir s'échapper.

– Maintenant, démon que vous êtes ! dit Copley Banks, avec le plus grand calme, vous allez m'écouter, car ce sont les dernières paroles prononcées par une voix humaine que vous entendrez ici-bas. Vous êtes en mon pouvoir maintenant. Je vous ai acheté assez cher, car j'ai donné tout ce qu'un homme peut donner sur cette terre ; j'ai donné mon âme !

Pour vous atteindre, j'ai dû m'abaisser à votre niveau. Pendant deux années j'ai combattu cette idée qui me poursuivait, espérant trouver un autre moyen, mais je me suis convaincu qu'il n'en existait pas. Alors je suis devenu un bandit, un assassin… pis encore, puisque j'ai vécu avec vous et que j'ai partagé vos éclats de rire… tout cela pour arriver au but ! Maintenant votre dernière heure est arrivée et vous allez mourir de la mort que je vous ai choisie, voyant l'ombre s'avancer lentement vers vous, et, dans cette ombre, le démon de l'enfer vous guetter.

Sharkey, pendant ces paroles, pouvait entendre au loin la voix de ses compagnons qui chantaient :

Où est-il, le long courrier de Stepney-Town ?
Réveille-toi !
Secoue-toi !
Les mâts plient sous les voiles !
Où est-il, le long courrier de Stepney Town ?
L'or est sur le corsaire, le sang sur les habit.
Tout est pour les pirates
Qui guettent les navires
Bur la mer de Lowland.

Les mots lui parvenaient distinctement aux oreilles ; dans le lointain, il entendait le pas de deux sentinelles qui montaient la garde sur le pont de son navire. Et pourtant il était là, sans qu'on pût lui porter secours, faisant face à la gueule de la caronade, impuissant, incapable de faire un mouvement ou de laisser entendre le moindre son.

Et, de nouveau, il entendait les voix qui montaient du navire :

> Le voilà qui aborde dans la baie de Stornaway,
>> Emballez le butin !
>> Détruisez-tout !
> Courons la bouline dans la baie de Stornaway,
> Car le vin est bon et les filles joyeuses,
>> Attendant leur brutal amant,
>> Guettant leur retour
>> À travers la mer de Lowland.

Ces paroles joyeuses, ces gais éclats de voix rendaient plus pénible le sort du pirate qui sentait venir la mort ; ses yeux gardaient cependant toute leur férocité !

Copley Banks avait nettoyé avec le plus grand soin l'amorce du canon et avait répandu de la poudre fraîche sur la lumière. S'emparant ensuite de la chandelle, il l'avait coupée, laissant seulement un morceau de la longueur d'un pouce et l'avait placée sur la poudre répandue jusqu'au sabord où se tenait la caronade. Il avait ensuite étendu par terre, sous la pièce, une grande quantité de poudre, de sorte qu'au moment où la chandelle viendrait à tirer à sa fin, une formidable explosion vînt briser les trois ivrognes étendus dans la cabine et privés de sentiment.

– Vous avez, jadis, obligé bien des humains à regarder la mort en face, Sharkey, dit le capitaine, maintenant votre tour est arrivé. Vous allez sauter en compagnie de ces porcs !

Tout en parlant, il alluma le bout de chandelle après avoir éteint les autres lumières éclairant la table, puis il sortit avec le muet en fermant extérieurement à clef la porte de la cabine. Cependant, avant de la fermer, il jeta en arrière, sur son ennemi, un regard de triomphe et put recueillir le dernier frisson de ces yeux indomptables. Dans le petit cercle de lumière se détachait un visage blanc comme l'ivoire. Quelques gouttes de sueur perlaient sur un front chauve ; telle était la dernière vision que devait présenter Sharkey.

Un petit canot attendait le long du bord ; Copley Banks et le stewart muet s'y embarquèrent pour aborder au rivage. Là, ils s'arrêtèrent et, abrités par l'ombre des palmiers, ils contemplèrent le brick éclairé par la lune. Longtemps ils attendirent, guettant la petite lumière qui brillait à travers le sabord de retraite. Enfin, le bruit sourd du canon se fit entendre et il fut suivi, un instant après, du bruit formidable de l'explosion. Le navire élancé et noir, la couche que formait la côte, les franges des feuilles des palmiers s'illuminèrent tout à coup, puis l'obscurité se fit plus sombre. Dans la baie, ils entendirent des cris d'appel.

Copley Banks, le cœur inondé de joie, posa sa main sur l'épaule de son compagnon et tous deux disparurent dans la solitude des jungles du Caïcos.